刺猬是如何"长大"的

〔斯洛文尼亚〕彼得·斯弗迪纳 著

〔斯洛文尼亚〕达米扬·斯蒂潘契奇 绘

张瑞琪 译

人民文学出版社

PEOPLE'S LITERATURE PUBLISHING HOUSE

著作权合同登记号　图字 01-2024-2538

Original title: Kako zorijo ježevci
© Miš, 2015
The translation of "Kako zorijo ježevci" is published by arrangement with Miš d.o.o., Slovenia, all rights reserved.
The simplified Chinese translation rights arranged through Rightol Media（本书中文简体版权经由锐拓传媒旗下小锐取得 Email: coyright @ rightol.com）

图书在版编目（ＣＩＰ）数据

刺猬是如何长大的 /（斯洛文）彼得·斯弗迪纳著；（斯洛文）达米扬·斯蒂潘契奇绘；张瑞琪译 . -- 北京：人民文学出版社 , 2024. -- ISBN 978-7-02-018726-3

Ⅰ . I555.488
中国国家版本馆 CIP 数据核字第 2024ZD7069 号

责任编辑　李　娜　王雪纯
装帧设计　李苗苗

出版发行　人民文学出版社
社　　址　北京市朝内大街 166 号
邮政编码　100705

印　　刷　上海盛通时代印刷有限公司
经　　销　全国新华书店等

字　　数　35 千字
开　　本　889 毫米 ×1194 毫米　1/16
印　　张　5.75
版　　次　2024 年 8 月北京第 1 版
印　　次　2024 年 8 月第 1 次印刷

书　　号　978-7-02-018726-3
定　　价　59.00 元

如有印装质量问题，请与本社图书销售中心调换。电话：010-65233595

目 录

永远在夏天

刺猬海尔戈来到一堆树叶前,说:"树叶泳池!"然后跳进了树叶堆里。

"哎哟!"树叶堆里传出了声音。树叶里冒出了蝾螈马丁的脑袋。

"你在这里干吗呀?"海尔戈问道。

"没什么,把自己藏起来。"马丁说。

"从谁面前藏起来?"海尔戈问道。

"秋天。"马丁说。

"你不喜欢秋天吗?"海尔戈问道。

"不,不喜欢,秋天我不得不去睡觉,"马丁说,"我不喜欢这一点。"

"走,我们去喝汤。"海尔戈说。

他们两个坐在刺猬的公寓里。海尔戈切着南瓜,马丁坐在一张明信片前,这是刺猬小姐尼科西亚在夏天寄给海尔戈的。

"真好呀!"马丁说,"你们家永远是夏天。"

"那样你就不用去睡觉了。"海尔戈说。

PORTUGAL
Size - L
100 %
Cotton/baumwolle
Made in Turkey

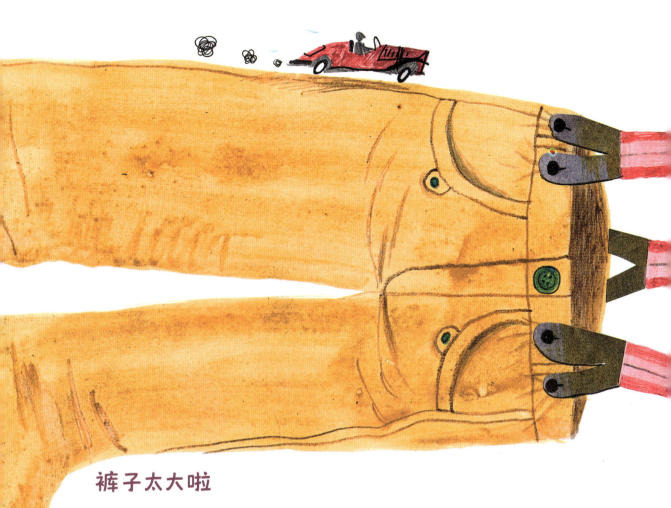

裤子太大啦

小刺猬海尔戈在商店里买裤子。

"我想要更大一点儿的裤子，"他说，"这样我就可以在口袋里装更多的梨了。"

松鼠阿梅拉给他拿来了一堆裤子。

"喜欢这条吗？"

"那这一条呢？"她问道。

"我想要这一条，"海尔戈说道，"这一条应该足够大了。"

他付钱并穿上了新裤子，然后走了出去。

但是裤子太大了，以至于他从裤腿里滑了出去。

在裤子尽头，他遇到了来买雨伞的刺猬小姐尼科西亚。

"你好呀，尼科西亚！"海尔戈说道。

"你好，海尔戈，"尼科西亚说道，"你像个熟透的梨子一样扑进了我的怀里。"

一个旧轮胎

刺猬海尔戈出发了。他走在一片沙砾路上，穿过一个旧工厂，沿着废弃的火车轨道走着，走过一座小桥，进入左边的小路，又拐进右边的小巷，一点儿一点儿地往前走呀走呀。然后他抬起了头。

"嗯……我在哪里呀？"他喃喃自语。

"这是什么呀？"他自言自语地问。

一个废旧轮胎倚靠在墙上。

"这又是什么呀？"他又自问道。

他走进了轮胎里面。

"我觉得这是一个隧道。"

他迈开步子向前走去。隧道总是在他的小嘴巴前铺展开来。

"但是它会带领我去哪儿呢？"

他沿着隧道走呀走呀，隧道开始往下去。

　　"哦！哎呀呀！"海尔戈说道，"隧道一直在往下！"

　　然后他冷静了下来。他继续沿着隧道走啊走啊，但是隧道依然看不到头。

　　"这个隧道真是太奇怪了！"海尔戈说道，"根本没有尽头！"

　　天色已经很晚了。

　　"我必须走出去。"海尔戈说道，"我必须弄清楚我在哪里。"

　　他跳到轮胎外面，撞上了自己公寓的门。

　　"啊哈！这是一个通往家的隧道。"他说道。

　　他打开门锁，然后把轮胎倚靠在入口处。

海尔戈和大大的"口"

交警费迪南德，身份是一只负鼠。但是因为他无法区分名字和身份，所以他可以是叫作负鼠的交警费迪南德，或者是叫作交警费迪南德的负鼠，也可以是叫作费迪南德的负鼠交警。所有的动物都认识他。

"兄弟，"他说道，"你犯罪了！"

"哦，天哪！那么我犯了什么罪？"海尔戈问道。

"你的刺竖得太高了，兄弟，你无法看到后视镜。"费迪南德说道。

"可是我根本没有后视镜呀。"海尔戈感到意外。

"啊哈！"费迪南德得意地说道，"那这就是第二项罪行！好兄弟！"

"但我是在步行啊！"海尔戈再次震惊地说。

"步行？兄弟，这说不通，禁止步行驾驶！"

晚上刺猬海尔戈看着开给他的罚单，交警负鼠费迪南德罗列了他的六条罪状。

"兄——弟——"海尔戈拼读着。在罚单上面这样写着：这位兄弟犯了 6 条（六条）罪行。

"我觉得，"海尔戈说道，"他一定是通过'兄弟'里的大大的'口'字发现的这些，它大得像一个洞，所以看到漏洞百出。"

过了一会儿，他又想道："如果他写海尔戈，就不会有漏洞。我的名字可不带'口'字。"

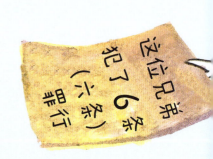

海尔戈和直升机

刺猬海尔戈坐在一个旋转椅上。椅子没有动，海尔戈也没有动。他的腿太短了，转不动椅子。

他把刺扎进椅背，悬浮在空中。

他在空气里奔跑。

风一吹，椅子转了起来，海尔戈也和椅子一起转了起来。

"我可以做到的。"海尔戈自言自语道。

他继续跑着。

"我可以在空中奔跑并转动椅子，"他说道，"直升机就是这样做出来的。"

刺猬小姐尼科西亚经过："你在干吗，海尔戈？"

"做一架直升机。"海尔戈回答。

尼科西亚把装着水果的购物袋丢在旋转椅下面，退后一步看着这个杰作。

"不错，"她说，"真不错。"

当她再次拿起手提袋，里面的水果全都变成了水果泥。

"哈，果酱！"尼科西亚说，"海尔戈，事实上你是一个搅拌机。"

阿斯特的画作

刺猬海尔戈在大象阿斯特的工作室里。

阿斯特是一个画家，他画巨幅画作。他在鼻子里吸进颜料，然后喷洒到巨大的画布上。先喷了浅红色，然后喷深红色。

"但是你在画什么呀？"海尔戈问他。

"那么你看到了什么呢？"阿斯特回答道。

"呃，"海尔戈说道，"那些沿着画布淌下去的斑点，让我想到了意大利面。"

他从画前走开，看着那幅画。

"剩下的就像意大利面酱，"海尔戈补充道，"或许你画的是午餐。"

"可能是。"阿斯特说着，也后退了几步注视着这幅画。

海尔戈再次后退了几步，又退了几步，想看看从远处还能看到点儿什么。但是先前他的刺扎进了雪白的、崭新的画布。

海尔戈有数不清的刺。

画布上有数不清的洞。

"啊哦，"海尔戈说，"阿斯特，我把你的画布戳出了洞。"

"哈，"阿斯特看着被戳破的画布说，"真有趣，我可以用这个画布来画气流线条。

然后他立刻着手开始画画。

金色双生花

来来回回 17

小心！高压危险！

海尔戈说，就像这样！

星期五，刺猬海尔戈没有寻找任何箭头。但有时你会找到并没有在寻找的东西。刺猬海尔戈星期五找到了十二个箭头。他差点儿踩到一个。路牌里有一个，再往前走几步，另一个路牌里又有两个。一个箭头刺进了一颗画在树上的爱心里。一个箭头从六楼的阳台飞出来，直直地落到了他的面前。就这样，刺猬海尔戈继续往前走着。

在红绿灯前，他遇到了一个悲伤的身影。海尔戈轻轻戳了戳他，发现这个悲伤的身影是水獭安吉拉。

"怎么啦？"海尔戈问她。

"我很难过。"安吉拉说。

"我看得出来，"海尔戈说，"但是怎么了？"

"我不知道我该往哪个方向走。"安吉拉说。

"你是想去哪里呢？"海尔戈问。

"哪儿都想去。"安吉拉说。

"这就有点儿难办了。"海尔戈说。

"我知道，所以我正为此苦恼呢。"安吉拉回答道。

海尔戈在她旁边坐了下来。这事对海尔戈而言很简单，他就是简单地来来往往，这次来这里，下次去那里。如果到处都想去的话，那么……

"啊，我想起来了，"海尔戈突然说道，"你看看！我找到了多少箭头。"

他给安吉拉展示了自己找到的一共十二个箭头。

"像这样。"他一边说，一边把一个箭头粘在了她的一只爪子下面。

"再像这样。"边说边把第二个箭头粘在了她的另一只爪子下面（指向身后）。

他在她的脖子上放上了第三个箭头，在尾巴上绑上了第四、第五个箭头。就这样，全部的十二个箭头都放好了。

"看呀，安吉拉！"海尔戈说道，"现在你去哪里都无所谓啦。因为无论你去哪里，你都在朝着所有的方向走。"

本地箭头花

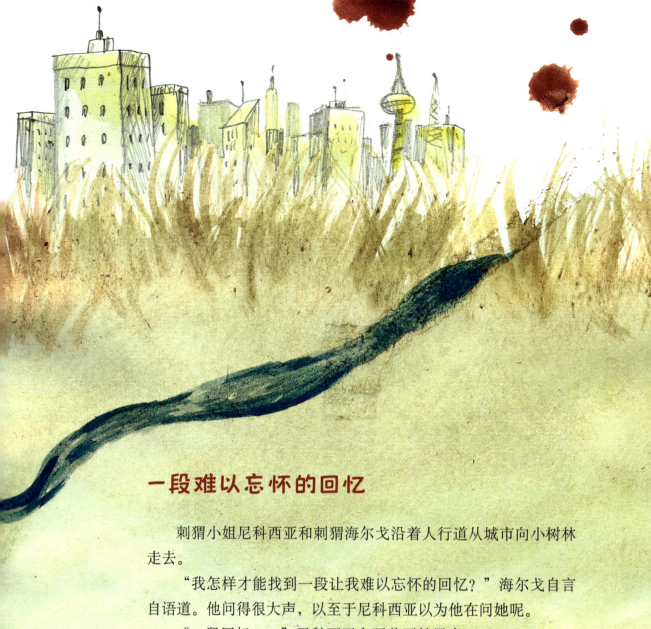

一段难以忘怀的回忆

刺猬小姐尼科西亚和刺猬海尔戈沿着人行道从城市向小树林走去。

"我怎样才能找到一段让我难以忘怀的回忆？"海尔戈自言自语道。他问得很大声，以至于尼科西亚以为他在问她呢。

"一段回忆……"尼科西亚念叨着开始思索。

过了一会儿，她从人行道转头走向高高的草丛。

"嘿！你要去哪儿？"海尔戈问她。

"跟我来！"尼科西亚回答道。

他们两个穿过草地，来到了小河边。两岸的两块大石头让他们想起了曾经横在小河上的桥。他们游过了小河，又穿过高高的草地，继续往前走着。随后穿过了三棵白桦树，走过了一个陈旧

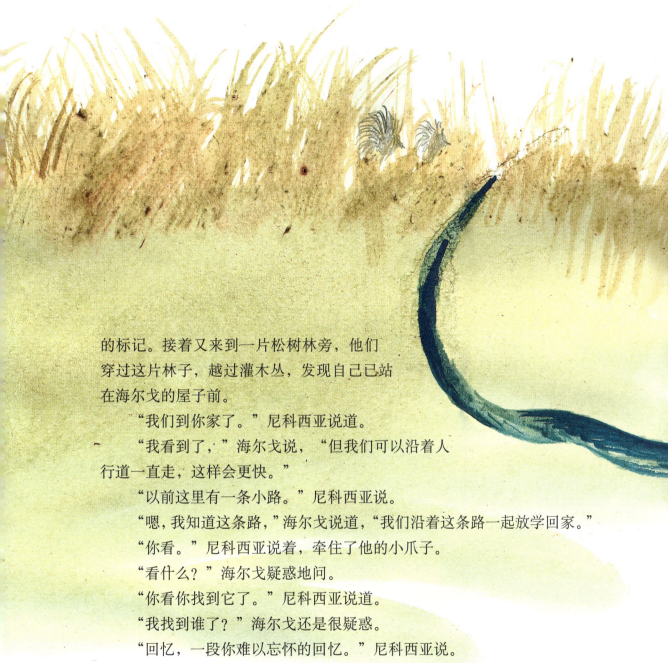

的标记。接着又来到一片松树林旁，他们
穿过这片林子，越过灌木丛，发现自己已站
在海尔戈的屋子前。

　　"我们到你家了。"尼科西亚说道。

　　"我看到了，"海尔戈说，"但我们可以沿着人
行道一直走，这样会更快。"

　　"以前这里有一条小路。"尼科西亚说。

　　"嗯，我知道这条路，"海尔戈说道，"我们沿着这条路一起放学回家。"

　　"你看。"尼科西亚说着，牵住了他的小爪子。

　　"看什么？"海尔戈疑惑地问。

　　"你看你找到它了。"尼科西亚说道。

　　"我找到谁了？"海尔戈还是很疑惑。

　　"回忆，一段你难以忘怀的回忆。"尼科西亚说。

　　海尔戈感到惊讶。的确，他和尼科西亚一起放学的回忆，让他难以忘怀。
此刻，他正被她紧紧地握在手中。

跷跷板

"你在干什么？"尼科西亚问海尔戈。

海尔戈正四脚朝天躺着，背上的刺扎在地里。

"事实上，我在散热。"海尔戈说道。

"很独特的方法。"尼科西亚说道。

"差不多吧，"海尔戈说道，"风从下面吹过，让你的背凉快起来。"

尼科西亚观察着海尔戈独创的散热方法。

"但事实上，我现在无法站起来了。"海尔戈说道。

"真是个有趣的姿势，"尼科西亚说道，"你像一个翻倒的甲虫一样。"

"事实上。"海尔戈补充。

尼科西亚抓住海尔戈的爪子，朝着地面倒下去，然后……哎哟！把海尔戈从地上拉了起来。

而她因为用力过猛失去了平衡，摔倒在地，背上的刺扎进了地面。

"看，"尼科西亚说，"我遇到了和你一样的情况。"

"风从你后背下面吹过的感觉不错吧？"海尔戈问。

"还不错。"尼科西亚说道，"但事实上，我站着的时候风也会吹过。"

海尔戈又抓住尼科西亚的爪子，朝着地面倒下去，然后……哎呀！他把尼科西亚从地上拉了起来。

而他也因为用力过猛失去了平衡，刺都竖着，背部朝下倒地。他又再次扎进了地面。

"事实上，我们什么都没干。"海尔戈说。

但尼科西亚坚持不懈。

她又试了一次。

接着，海尔戈又试了一次。

然后，尼科西亚试，海尔戈试，尼科西亚再试，海尔戈又试。

到了下午，海尔戈问道："我们两个该怎么解决这个小麻烦呢？"

于是，他抓住正困在地上的尼科西亚的爪子，猛地一拉。

"麻烦自己解决了。"海尔戈说道。

尼科西亚看着海尔戈，他的刺短得过分。

"海尔戈，你的刺实在太短了。"她说道。

海尔戈看了看尼科西亚说道："嗯，其实你的也是。"

"好极了！"尼科西亚说道，"我们有了夏季的发型，就不会再觉得热啦。"

"确实如此。"海尔戈说道。

度假的准备

　　晚上，实际上已经是半夜了，刺猬海尔戈站在敞开着的门边。他按着开关，打开又关上入口上方的灯。

　　"亮了，没亮。"他重复着。

　　"没亮。"麝鼠马克斯的声音从暗处传来。

　　他的鼻子上还架着太阳镜，忘记摘下来了。

　　"但实际上你救了我，让我免于迷路。"马克斯说道，"谢谢你。"

　　"小事一桩。"海尔戈说道，"我和尼科西亚很快就要去海边了，我一直好奇灯塔会是什么样的。"

关我啥事

"像这样。"蟋蟀根纳季说道。

他穿着泳衣，头戴泳帽，鼻子上还架着泳镜。"我要从这里出发，一路滚到山脚下。我要把所有东西践踏在脚下踩躏。"

"这样会很糟糕。"海尔戈说道。

"是很糟糕。"根纳季同意道。

"你会踩死所有的蚂蚁。"海尔戈说。

"我不在乎。"根纳季说。

"你会压坏所有的小雏菊。"海尔戈说。

"那又怎样。"根纳季说。

"你会摧毁所有的桦树和松树。"海尔戈说。

"关我什么事！"根纳季说。

"你会毁掉所有在公园玩滚球游戏的熊。"尼科西亚说。

"关我啥事！"根纳季发火道。

"你会压扁公园和公交站，"海尔戈说道，"你会摧毁一切。"

"哈！这正是我想要的！"根纳季兴奋地说。

"这样会很糟糕！"尼科西亚说道。

"是很糟糕。"根纳季承认道。

他们坐在小山丘的顶上往下看着。

"所有的这些都将荡然无存。"海尔戈说道。

"全部。"根纳季认可道。

"但你就不能把它推迟一天吗？"尼科西亚问道，"就一天，这没什么的。"

他们坐着往下看着。

"好吧，"根纳季说道，"今天我不会滚到山脚下去的，我还不会毁掉一切。但明天我会的。"

然后他们继续坐着。

"明天又轮到我们俩吗？"根纳季走后，海尔戈问道。

"不，明天奥斯托和奥菲利亚会来。"尼科西亚说道，"我们俩星期六再来。"

"可怜的根纳季。"海尔戈说道。

他们两个继续坐着，看着这个美丽的世界，但有时也不尽然。

公交车站的十二章

第一章

"嚯，好极了！"野牛拉夫科说道，"柱子被弄断了，屋顶被掀翻了。"他看着公交站的柱子和屋顶说道。

他把坏掉的柱子踢到一旁，走到屋顶一角下方，举起了屋顶。

然后等着公交车。

第二章

"你是雕像吗？"海狸鼠克里桑德玛问道，"你是阿特拉斯①吗？你是女像柱②吗？还是只是一根支撑的柱子罢了？"

克里桑德玛非常博学多识。

"难道你不要帮帮我吗？"拉夫科说道。

克里桑德玛爬到了他的背上，举起屋顶。

他们就这样等着公交车。

第三章

刺猬海尔戈来到了车站。

"真稀奇，车站塌了！"他说道，"你们两个等等。"

随后他爬到了克里桑德玛的背上，举起屋顶。

他们就这样等着公交车。

第四章

貂斯蒂芬妮小姐来到车站。

她佯装一切如常。

她环顾四周，确认有没有人看到她。

当她看到只有野牛拉夫科、海狸鼠克里桑德玛和刺猬海尔戈能看到她的时候，她"咻"的一下蹿到海尔戈的背上，举起坍塌的屋顶的一角。

---

① 阿特拉斯，古希腊神话中的擎天巨神，被宙斯降罪，用双肩支撑苍天。
② 女像柱，古希腊建筑中一种独特的建筑柱式。

她就这样，和他们三个一起，等着公交车。

第五章

小小跑步选手布谷鸟奥菲利亚跑过。她飞快地跑过车站，过了一会儿又折了回来。

她停下了脚步。

她停下来的时候，就变得喋喋不休："多么神奇的景象啊！多么优雅的柱子，慢慢地逐层增高。可以说是文艺复兴时期的柱子了。构造多么对称、优雅……"

"咳、咳！"拉夫科清了清嗓子，"奥菲利亚，或许……你愿意帮忙吗？"

"呃！没有缺点就没有进步，没有合作就没有团队，但是……好吧，为什么不呢？"奥菲利亚说道。她爬上斯蒂芬妮的背，举起了屋顶的一角，并且不停地讲话。

听上去就像是在车站打开了广播。

第六章

翠鸟小姐弗里达飞过。

她坐在了由野牛拉夫科、海狸鼠克里桑德玛、刺猬海尔戈、貂小姐斯蒂芬妮和布谷鸟奥菲利亚支撑着的屋顶一角。

"你真重。"奥菲利亚说道，"出于各种原因，你不想来屋檐下待会儿吗？"她问道。

弗里达飞到屋檐下，落在奥菲利亚的背上。

屋顶水平了。

第七章

"那现在怎么办？"克里桑德玛问道。

第八章

山鸡利奥波德走进了车站。

首先是他。

紧随其后的是一大家子：他的妻子、十二个孩子、父亲、母亲、岳父、岳母、三个阿姨、两个叔叔，还有一个在放假的表弟奥尔登堡。

"我们等公交车呢。"利奥波德说道。

啊哈。

"活柱子"只是沉默地点了点头。看起来，这些屋顶的"支柱"已经有些麻木了。

"实际上我们是在等我的演出，"利奥波德解释道，"我会在节目《千奇百怪，各自精彩》里讲一句话。"

他沉默了。

"你们想知道吗？"

他们当然都想知道，但是没有人说话，因为他们全都累坏了。

"这是我所爱之日啊。"利奥波德微笑着说。

第九章

一辆公交车驶来。

车门打开。

没有人上车。

拉夫科、克里桑德玛、奥菲利亚、弗里达想上车，但他们不能。

利奥波德和他的亲戚们可以，但他们没有上车。

"利奥波德，你没有演出吗？"弗里达问道。

"明天才有，"利奥波德说道，"明天才有。"他抬起了头，在车站周围徘徊了几步。

第十章

"利奥波德，你可以坐在屋顶上吗？就对面那个角落。"海尔戈问道。

"当然可以。"利奥波德说道。

他爬上了对面的屋檐一角，就像爬上舞台那样。

屋顶稍稍倾斜了点儿，"活柱子"上的压力减轻了，屋顶在利奥波德的重力之下像天平一样保持着平衡。

"请继续坐好哦。"拉夫科说着，然后走出了屋檐。

第十一章

又一辆公交车驶来。

拉夫科、克里桑德玛、海尔戈、斯蒂芬妮、奥菲利亚、弗里达上了车。

"我们很快就回来。"拉夫科说道。

"这是我所爱之日啊。"利奥波德为了演出，反复练习着。

山鸡家族为他鼓掌。虽然表弟奥尔登堡正在放假，但也在为他鼓掌。

第十二章

一个小时后，他们带着一根又粗又大的木头柱子回来了。

他们把木头柱子放在屋顶下，屋顶就立起来了。

"谢谢你，利奥波德。"他们说道。

"小事一桩，"利奥波德说道，"为我欢呼吧！"

除利奥波德和他的家人以外，下一辆公交车把所有人带回了城里。去办点儿事情。

而利奥波德和家人继续在修好的屋檐下，等待着第二天的到来。

27

海尔戈与"棒极了"

"你喜欢足球吗？"豹子瓦莱里扬问海尔戈。

"非常喜欢。"海尔戈说。他喝着看足球比赛时买的橙汁。

"但我不喜欢踢足球。"他补充道。

"我非常喜欢足球。"瓦莱里扬说道，"我觉得足球很棒，棒极了！"

"我身上的这些刺会让我不停地犯规，"海尔戈说道，"所以我不喜欢踢足球。"

"对我而言足球棒极了，"瓦莱里扬说道，"我就是很喜欢足球。"

海尔戈沉默了一下。

"呃，我和你说了哎，我也很喜欢足球，只是不喜欢踢足球。"他重复道。

"我很喜欢足球，真的很喜欢！"瓦莱里扬说道，"我觉得足球棒极了！

海尔戈陷入了沉默，他有种奇怪的感觉。

"我觉得足球很棒，"豹子瓦莱里扬在离开的时候又重复了一遍，"对我而言足球真的棒极了！"

29

看电影

"哦！你们好，你们怎么样？"海尔戈问道。他正在去往电影院的路上，已经有点儿来不及了。他问候巴亚齐德。巴亚齐德是一只猫鼬，并且非常有声望，出身于总统世家。"我们很好，很好，谢谢你。"他微笑道。

然后他着急地左顾右盼。

海尔戈则慢慢地往四周看了看。

"你们在等人吗？"海尔戈问道。

"没有没有，"巴亚齐德说道，"我们在找时钟，还有一会儿，但我们感觉我们要迟到了。"

他迅速地来来回回、一圈又一圈地跑来跑去。

"你们要赶几步了，加快点儿。"海尔戈说道。

"我们是要抓紧了。"巴亚齐德微笑，"赶快！拜拜！"

然后他快步离开了，就像他来的时候一样。

"呃，"海尔戈自言自语道，"猫鼬他们跑这么快，应该会迟到得更'快'吧。"然后他慢慢地向前赶着。"幸好，我会'慢'点儿迟到。"他补充道。

海尔戈和眼红嫉妒

海尔戈在园子里给生菜浇水。

"抱歉，"他说道，"但可以拜托你们都到一颗生菜上吗？"

他们不会的。蜗牛们是美食家，每只蜗牛都要享受自己的美味。

"哼，"海尔戈说道，"我不知道。我觉得尼科西亚不会喜欢这样的。"

他去屋子里拿了一个给蜗牛的小罐头。

"我们不能每只蜗牛都享有生菜，尼科西亚却拥有自己的完整的一小片耕地！"蜗牛们咆哮道。

他们嫉妒得眼睛发红。

当海尔戈返回的时候，蜗牛们不见了。

"他们去哪儿了？"他自言自语地问道。

"我们离开了。"蜗牛们说道。

在绿绿的叶子上再也看不到眼红红的嫉妒了。

蚁穴在哪儿？

海尔戈在园子里。他穿着靴子，在种植郁金香和水仙花。

"你知道蚁穴在哪里吗？"有人问他。

"是谁？"海尔戈问道。

"阿尔弗雷德。"那个声音答道。

现在海尔戈看到了，阿尔弗雷德是一只蚂蚁。

"你知道蚁穴在哪儿吗？"阿尔弗雷德问他。

"我不知道。"海尔戈思考了一下，回答道。

"到处都是，"阿尔弗雷德解释道，"因为蚂蚁到处爬。"

"原来如此。"海尔戈说道。

他走进屋子。

"不能穿着靴子在蚁穴上跺脚。"他说。与此同时，他正穿着拖鞋在园子里，给最后一个郁金香球茎盖上土壤。

是什么来着？

"我想问你什么来着？"第一只树懒说道。

"是你想问的吗？"第二只树懒说道。

"啊对，"第一只说道，"我想起来了，你叫什么名字？"

第二只树懒想了想。

"叫什么来着。"他说道，"马……米尔……就在嘴边。"然后，他对第一只树懒说："那你知道你的吗？"

"什么？"第一只树懒问道。

海尔戈骑着自行车路过。

"你好呀，亨利克，你好呀，艾米尔。"他喊道，然后径直路过。

"谁是谁呀？"第一只树懒在海尔戈身后问道，他不知道自己是亨利克还是艾米尔。

"嘿，那个谁！"第二只树懒在海尔戈身后大喊，他也不知道自己是亨利克还是艾米尔，"什么来着？"

"或许他会按原路返回。"第一只树懒说，"那时候我们再问他吧。"

第二只树懒抓了抓肚子，然后说道："我们要问他
什么来着？"

"谁？"第一只树懒问道。

海尔戈和奇怪的想法

"发生什么了，海尔戈？"尼科西亚问道。

海尔戈在院子里踱步，点头，转头，摇晃身体，后仰，侧身，抬脚，像在跳舞一样扭动身体，还像在低低的障碍物下面一样行走。

"发生什么事了，海尔戈？"尼科西亚又问了他一次。

"我在解救自己。"海尔戈说道。

"那你陷入什么了？"

"陷入奇怪的想法里。"海尔戈说道。

跨过最后一个想法之后，他松了口气。

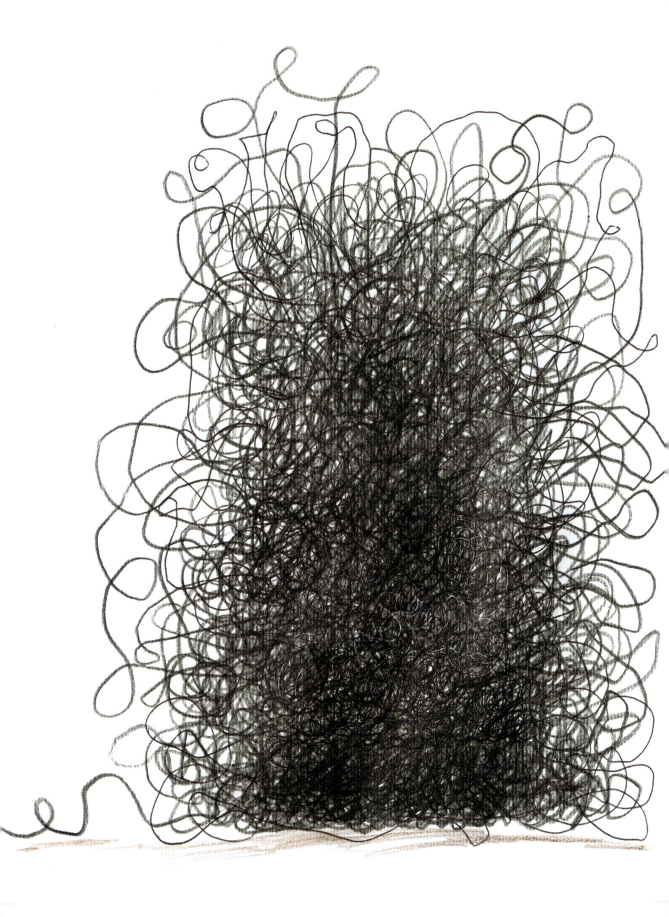

尼科西亚、海尔戈和幸运

尼科西亚去找海尔戈，他邀请她共进早餐。

她碰到了阿洛伊齐亚，阿洛伊齐亚是一只大大的加拉帕戈斯象龟，真的很庞大。

"我就是大海，"阿洛伊齐亚说道，"我们头上的小鸟们就是桥梁。"

尼科西亚绕了阿洛伊齐亚一圈并继续往前走着。

"你花了这么久时间，让我很担心。"海尔戈说道。

"我得环海呀，"尼科西亚解释道，"很抱歉。"

"幸好你没有掉进去，因为你没有从家里带上游泳充气手套。"海尔戈松了口气说道。

"如果我掉下去了，"尼科西亚说道，"肯定会有'一座桥'冲向我。"

他们两个吃着早餐。等待的时候，已经在阳光下感觉暖和点儿了。

"万幸。"海尔戈说道，他想到尼科西亚，她总能想出很妙的解决办法。

"是的，真的很幸运。"尼科西亚说道。她想到了黄油。在阳光的温暖之下，黄油可以很均匀地涂在面包上。

海尔戈和影子

在一个温暖的傍晚，海尔戈走在回家路上。他的影子在身后摇曳。影子长长地拖在身后。

早上，海尔戈早早起床去了公园。太阳升起的时候，海尔戈正在草坪上跳来跳去，用两只脚一起跳来跳去。

到中午时分，他还在跳来跳去。

"你在锻炼吗？"獾奥尔多问，他上午去打了网球回来。

"对的，我在训练。"海尔戈说道，"我在训练我的影子。"

"啊哈！"奥尔多说着，但看着海尔戈还是不理解。

"它到了晚上就很累，只好跟在我后面，"海尔戈解释道，"它需要多锻炼。"

第二天，奥尔多也和海尔戈一起跳，训练自己的影子。他注意到他的影子也是一样，晚上就跟在他后面，就那样长长地拖在身后。

一封电报

门铃响了。

"门铃响了。"海尔戈说道。

"门铃响了。"尼科西亚说道。

"谁在按门铃？"海尔戈问道。

"谁按了门铃？"尼科西亚问道。

"邮局！"门外传来声音。

门口站着的是邮递员鸽子贝托尔德·贝尔蒂。

"一封电报，"他说道，"你要听听吗？"

海尔戈坐下来听着。

贝尔蒂清了清嗓子，唱道：

> 有人背负荆棘，
>
> 却潇洒恣意地行走在这个世界，
>
> 他自由地在世界漫步，
>
> 五湖四海，天南海北。

"这是我自己写的，"尼科西亚说道，"但我唱不出来。祝你生日快乐，海尔戈。"

海尔戈很感动。

"一封音乐电报。"贝尔蒂解释道，"那么请签个字吧。就签在这儿。"

祝你们愉快，我亲爱的小鸽子们，贝尔蒂这么思索着，但是他没有说出来。他只是说道："祝你们愉快。"这次，他不用合上邮差包，而是合上嘴巴，然后飞走了。

接手两个星期

"伙计，"交警负鼠费迪南德问道，"你愿意接替我两个星期吗？"

"可以。"浣熊文森特·文科说道。

"谢谢。"交警负鼠费迪南德说道，从十字路口中间的台子上下来，度假去了。

文森特·文科站在圆形的台子上看着。他瞪大了绿绿的眼睛盯着。当他在看着的时候，信号灯亮了。这时候所有人都可以驾驶、步行、爬行、奔跑、跳跃、骑滑板车、骑自行车、冲刺、单脚跳，或者是吆喝着通过。他不看的时候，眼睛就眯了起来。当他眯着眼睛的时候，信号灯灭了。这时所有人都得停下。如果谁没有停下，那他就倒霉咯！因为那时候文森特·文科正闭着眼睛看不到他。

"发生啥了？"麝鼠马克斯问道。他看不太清楚，因为他戴着墨镜。

"发生什么了？"翠鸟小姐弗里达问道。她太小了，被野牛拉夫科挡住了视线。

"信号灯坏了。"拉夫科说道。

"关我什么事！"蟋蟀根纳季在后面说道，"如果他看着，信号灯就工作；如果他不看着，它就不工作，这时候它就关掉了！"他还补充道："我要从路口滚过去，把一切都毁掉！一切都会结束！"说着他已经戴上了泳镜。

"这是我所爱之日啊！"山鸡利奥波德感叹着走过，完全没发现所有人都静止着。他赢得了一场电视比赛，他的家人走在他后面为他鼓掌。只

有他的表弟奥尔登堡不在，因为大学开学了。

"爬到我背上来，根纳季，"大象阿斯特温柔地说道，"你会看得更清楚。"

文森特·文科站在十字路口中间的圆台上，眨着眼睛。他的眼睛和往常一样，一只是绿色的，另一只是红色的。他既没有瞪大眼睛，也没有眯着眼。他在眨着眼睛。

"信号灯亮了。"根纳季发现。

休伯特和马赛尔从一旁走来。蠓虫帕特里克飞进了文森特·文科的眼睛里。他有脑震荡，他们把他平稳地放在担架上。

"啊，谢谢你们！"文森特·文科激动地说。

他们慢慢地抖动他的眼皮，他的眼睛充满泪水。

然后他闭上了眼睛。

"奏效了，那又怎样。"根纳季在阿斯特的背上说道。

路上的大家如释重负，依然静止着。当你知道信号灯在运行着的时候，保持静止挺简单的。

他们等待着文森特·文科再次睁开眼睛。

和时间的比赛

尼科西亚在训练跑步。她要跑 157 米，这是一个奥运项目。

在运动场上，她跑呀跑呀，一圈又一圈。

海尔戈坐在看台上给她打气："加油，尼科西亚！"

每当她跑过的时候，他就呐喊："加油，尼科西亚！"

但这不是比赛，而是训练。

尼科西亚结束训练从更衣室出来时，她对海尔戈说道："谢谢你为我加油。我战胜了所有人。"

"所有人是谁？"海尔戈感到疑惑，"你是一个人跑的呀。"

"我跑过了一个'1 分钟'，还跑过了一个'17 秒'。"尼科西亚说道。

路过学校

野牛拉夫科、刺猬海尔戈和蟋蟀马丁路过学校。

斑马队和奶牛队在手球场上热身。

"好大的动物呀！"海尔戈说道。

"巨大无比。"马丁说道。

"我不这么觉得。"野牛拉夫科说道。

最短的距离

海尔戈看着地图。

他在霍加彼女士，也就是维罗娜女士新开的糖果店旁边标了个字母 A。

在尼科西亚的公寓旁边标了个字母 B。

然后他说道："阿斯特，或许你刚巧知道，从这里，"他指着标记点 A，"到这里，"他又指着标记点 B，"有多远？"

阿斯特看了看。

然后说道："知道，挺近的，不到一个字母。"

54

一个迷你小摩托

　　早上，大猩猩西尔维斯特驾驶着小摩托，算是轻便小摩托吧。小摩托很迷你，西尔维斯特却是个大块头，还很壮。小摩托往前走着，也只是勉强地走着。

　　海尔戈步行赶上了他，他要去集市买咖啡。

　　他们并排走着。

　　"我在减肥。"西尔维斯特说道。

　　"有时候这样挺健康的。"海尔戈说道。

　　"我要来点儿加餐。"西尔维斯特说。

　　海尔戈思索着，骑小摩托去加餐怎么能减肥呢？他不知道，但他什么都没说。

　　"骑着这个小摩托去太慢了，所以我肯定会错过加餐的时间。"西尔维斯特说道，"我只能去吃午饭了。"

　　然后他在小摩托上直起身来，得意扬扬地补充道："这样我就少吃了一顿，不是吗？"

带着一串问题的拜访

河马休伯特和马赛尔坐在梧桐树下，朝水里扔着泥巴球。

"我们去拜访吗？"休伯特问道。

"是去'拜访'还是去'做客'呢？"马赛尔问道。

"我哪儿知道，"休伯特说道，"你想去吗？"

他们蹚过一条小溪。

在对岸遇到了海尔戈和尼科西亚。他们两个正要到马赛尔和休伯特家拜访。

"我们正要去拜访呢。"尼科西亚说道。

"太好啦。"休伯特说道。

"是来'拜访'还是来'做客'呢？"马赛尔问道。

"我不知道。"海尔戈说道，"可能是来'拜访'并'做客'，也可能是来'做客'并'拜访'。"

"现在，"休伯特说道，"我们两个已经出发了，来你们这儿'做客'。"

"谢谢，"尼科西亚说道，"诚挚地谢谢你们。"她热情地把她的"客人"抱在怀里。先抱住一个，再抱住另一个。

有人知道吗?

第一只树懒,不知道自己是亨利克还是艾米尔,躺在岸边,用一根小木棍在沙滩上写着什么。

"你在写什么?"第二只树懒,他不知道自己是亨利克还是艾米尔,问他。第二只正躺在岸边的草地上,就在第一只树懒的上面。

"等一下。"第一只说道。

他继续写呀写呀。

然后,他说道:"有人知道……"

"你想知道什么?"第二只树懒问道。

然而他出人意料地从岸边跳了下去,落在了第一只树懒写的那些字上。

"唉,唉,"第一只说道,"现在我得重写一遍了。"

然后他又开始写字。

有人矢口乀首,我亅门……

这期间第二只树懒已经爬回了自己的位置,然后又看着他。

又再次问道:"你知道你想知道什么了吗?"

"等一下。"第一只树懒说道,然后写道,"有人知道我们叫……"

"但是你之前已经说过这个了,不是吗?"第二只树懒插嘴道。

"我说过了,但那时候还没有'叫'。"第一只解释道。

然而这时,第二只又令人意外地从岸边跳了下去。

他又在沙滩上留下了一个坑,就在第一只树懒写字的地方。

第一只树懒抬起身来,举起小木棍说道:"话说,你能不能等会儿,不要一直在我的字上跳来跳去?"

"哎呀。"第二只说道。

他爬回了岸边然后安静了下来。

第一只又开始写字。

但是一波又一波冲上岸边的海浪把字一个又一个地擦掉了。

"啊，"第一只树懒说道，"就算这个不跳进我的字里，但还有那个爬进去。"他把小木棍丢进海里，然后走向正在岸边打盹儿的第二只树懒，在他旁边躺下。

电梯

　　"哈!"矿业协会主席,或者说名叫沃洛迪亚的貘尖叫道,"我坐电梯来的!"

　　"呜呼,"海尔戈疑惑地问道,"从哪儿来?"

　　"从下往上,"沃洛迪亚着比画着解释道,"从地下隧道到表面,地球在三十层,呃,我的意思是地面。"然后她继续补充道:"祝你好运,伙计。"

　　海尔戈在回家的路上陷入了思考和困惑。

　　他回到了家,从客厅上楼来到卧室。

他打开了窗户，环顾四周：邻居格林达家生锈的花盆里正绽放着绣球花，三个女学生正在公交车站等车，那边是尼科西亚家的阳台，小兔子约瑟芬姑姑正带着她的十一个侄女遛弯儿，猫咪约瑟夫正在从商店回家的路上享受着零食。

"多美的一幕啊，"海尔戈思索着，"从三十一层看出去，风景真是美极了！"

你曾经也是紫色的吗？

"真好闻，好香啊！"奥菲利亚说道。她正在尼科西亚家做客，闻到一阵薰衣草的味道。

"这是薰衣草。"尼科西亚说道。

"为什么紫色的花要以灰色命名呢①？"奥菲利亚感到疑惑。花瓶里装着紫色的花朵。

尼科西亚思索了一下。

"我不知道，这个我真的不了解。"她回答，然后想了又想，说道："我们可以去问小灰驴，他见多识广又聪明，而且也是灰色的。他一定知道。"

然后她们两个戴着一束薰衣草出发了。

她们来到小灰驴的门口敲了敲门。

他不在家。

"嗯……没在家。"尼科西亚说道，"他可能去买冰激凌了。"

于是她们两个去往冰激凌店。

他也不在。

"他不在这儿，"奥菲利亚说道，"也许去泳池了。没错，他一定是去泡澡了，或者只是把脚浸泡在水里。在泳池里泡脚可比在盆子里泡舒服多了。"她继续说道。

然后她们两个去了泳池。但他依然不在。

"他还是不在这里，"尼科西亚说道，"他可能去城里了。"

很好，于是她们两个向公交车站走去。阳光明媚，但是天气炎热，

---

① 斯洛文尼亚语中，薰衣草的名字Sivka由银灰色一词演变而来。

65

连公交车都动弹不得，因为它没有防晒霜，它也没办法给自己涂上，尽管它已经全身红彤彤的了。

"好吧，我们走路去吧。"尼科西亚说道。

她们两个往城里走去。

"小灰驴也一定是走着去的，"奥菲利亚说道，"嗒嗒，嗒嗒，小毛驴就是这么走路的，嗒嗒，嗒嗒。"她重复道。

她们走呀走呀，沿着进入城市的主干道走着，路过了啤酒厂，穿过了火车轨道，最后拿着一束薰衣草来到了公园。她们打算来问小灰驴，为什么紫色的花要以灰色命名呢？

喏，在那儿呢。小灰驴正坐在长椅上看书。他有漂亮的灰色毛发，也正因为这样才叫作小灰。如果他不叫小灰驴的话，他可能会叫作弗拉迪斯拉夫，他很喜欢这个名字。

尼科西亚和奥菲利亚在他旁边坐了下来。

"你好呀，小灰驴。"她们两个说道，"找到你了。我们想问你知不知道……"

她们看了看在烈日下她们一直拿在手里的薰衣草花束。花束已经不再是紫色了，而是灰色的。太阳把花束晒褪了色。他们没有注意到这点，一点儿也没有。

"啊，那个……"尼科西亚边说边思索着，她不知道该怎么继续说下去。

小灰驴好奇地看着她们，把书放在腿上抬起了头。

"小灰驴，"最后，奥菲利亚问道，"你曾经也是紫色的吗？"

海尔戈和一碗冰激凌

海尔戈喜欢吃冰激凌，非常喜欢。

他点了一个香草冰激凌，舔了一口。

"这让我想到了带小辫子的气球。"他说道。

说完他又舔了一口。

"这让我想到了带两个把手的罐子。"他说道。

他又舔了一下。

"这让我想到了侵蚀型沙丘。"他说道。

一杯见底了。

他又点了一碗蓝莓冰激凌，舔了一口。

每舔一口，消失的那块冰激凌都能让他想到点儿什么。

然后他又点了一碗巧克力冰激凌。

接着是一碗草莓的。

又来一碗柠檬的。

然后一碗西梅的、一碗龙蒿的、一碗南瓜的、一碗蜜瓜的、一碗醋栗的，还有一碗接骨木果汁的和一碗云衫尖的冰激凌。最后就一点儿也吃不下了。

他缩成一团，躺在回家路上的一片空地上晒太阳。

太阳已经快落山了。

海尔戈的影子投在松树上，刚好形成了一个尖尖的影子。

尼科西亚来了。

"你好呀，海尔戈。"她说。

海尔戈只能喃喃道："嗯哼。"

"从远处看，你像一团被遗忘的冰激凌，被塞进了影子做的甜筒里。"尼科西亚说道。

海尔戈想夸赞尼科西亚的诗歌天赋，但肚子疼得说不出话来。所以他只能再次喃喃道："嗯哼。"

冰雹过了再按警铃已经晚了

忽然，天空乌云密布；一瞬间，狂风四起；霎那间，冰雹肆虐。

暴风雨过后，尼科西亚按响了海尔戈家的门铃。

海尔戈说："冰雹过了再按警铃已经晚了。"

"你想出去散散步吗？"尼科西亚问他。

他当然想。

树木被砸断了枝条，灌木丛也被砸得残枝败叶。

地上到处是落叶，只有嫩绿的叶子。

"枝叶全都被砸伤了，"尼科西亚说道，"太可怕了！"

"太美了！"海尔戈说道，"就像走在地毯上一样，还是一块舒服的手工地毯。"他记得有次他想买一块地毯但没有买。

"上次我没有买地毯真是太遗憾了，"他说道，"现在已经卖光了。"

"冰雹过了再按警铃已经晚了。"尼科西亚说道。

天平

大猩猩西尔维斯特在小摩托上挂了两个满满当当的购物袋。

一个里面装着杏子和酸奶，另一个装着生菜，很多很多生菜，还有面包卷和奶酪。"哎呀，妈呀，"他自言自语道，"平衡出了点儿问题。"

确实。

一个袋子重了点儿，拽得小摩托向左边倾斜。

他在生菜中间添了点儿杏子。但是放多了，小摩托向右倾斜。

他往左边又放了颗生菜。又多了。

"啊！什么！"他惊呼道。

"嗯？怎么了？"一个声音说道，是老鼠西蒙在说话。"你在叫我吗？"西蒙问道。

"哦，抱歉，西蒙，我在说'什么'。"西尔维斯特解释道。"但既然如此，"他继续说道，"你愿意坐在右边的把手上吗？帮我找找平衡。"

但是没有成功。

"我向右偏了，"西尔维斯特停了下来解释道，"我没办法驾驶。"

他们又拿出了点儿东西。

他们开始在路中间调整。于是路上排起了队。

所有人都从自行车或是摩托车上下来，来给西尔维斯特提建议。

先这样这样，再那样那样。

最后，八只蝗虫坐在了左边的把手上。

走咯！

但只走了一点儿路。

小摩托又向左边倾斜了。

于是，貘沃洛迪亚坐在把手中间来调整不平衡。妈呀！

小摩托危险地往前倒了一下。

现在它需要在后面配重，在后备厢上。

然后犰狳贝迪扬契奇先生，坐在了上面。

但还是不行。

小兔子约瑟芬姑姑坐了上来。

"嘿，姑姑要骑摩托车了！"她的侄女们惊呼道。十个侄女在喊，还有一个在看牙医。

然后他们出发了。

但是前面又太重了。

沃洛迪亚、贝迪扬契奇先生和约瑟芬换了位置。

然后后面太重了。

"我亲爱的小侄女儿们，你们要来搭把手吗？"

小侄女儿们跳上小摩托，一个跳上把手，一个跳上后备厢，大部分跳到了西尔维斯特的脖子和头上。

"这个太不稳定了，"西尔维斯特咆哮道，"根本无法转向。"

"把手上挂着袋子当然无法转向。"小侄女弗洛拉说道，她是个小机灵鬼。

他们把袋子放在地上。小摩托竟然真的可以移动了。

正正当当平平稳稳地走着。

同样这还得归功于小侄女弗洛拉出色的平衡感，她的爪子一会儿放这边，一会儿放那边。他们就这样回了家。

大家跟在他们后面。

他们都想知道这究竟会不会成功。

成功了。

所有人鼓掌叫好："万岁！哦耶！厉害！"

"谢谢你们，朋友们。"西尔维斯特感动地说道，并用爪子抹了把眼泪，"晚上我请大家来野餐，吃杏子和酸奶。"

他边说边去拿口袋，而口袋正在商店外的人行道边上等着。

音乐之间

尼科西亚带海尔戈去音乐会。

晚上，极地交响乐队和海鸥合唱团将会表演《献给所有人的歌》和单簧管独奏。

音乐会非常精彩，精彩极了。

中场休息和结束的时候，观众席爆发出热烈的掌声。听众们全部起立鼓掌。

"我置身于音乐之中！"蚂蚁阿尔弗雷德在音乐会结束后呐喊道。

他抱住海尔戈最长的一根刺呐喊道："我置身于音乐之中！"

"不错呀，"海尔戈说道，"我和尼科西亚也置身于音乐之中了。"

"我置身于音乐之中！"阿尔弗雷德又喊道。

"也许他是不是听不到我们说话？"尼科西亚问道。

"你刚刚在哪儿呀？"海尔戈问阿尔费雷德，想看看他到底能不能听到。

"我置身于音乐之中。"阿尔弗雷德呐喊。

"我觉得他能听到。"海尔戈说道。

"家里怎么样？一切都好吗？"尼科西亚问他。

"我置身于音乐之中。"阿尔弗雷德大喊着回答她的问题。

"咳，咳。"海尔戈说道。

然后他们离开了。

尼科西亚和海尔戈在回家的路上讨论着这精彩的夜晚，阿尔弗雷德却在其间不时地呐喊："我置身于音乐之中！"

他们快到家的时候，以防万一，海尔戈又问了一次："你刚刚在哪儿？"

"置身于音乐之中。"阿尔弗雷德还在大喊。

"我想他听得到。"海尔戈说道。

"你刚刚在哪儿？"尼科西亚又问道。

"我爬进了一只海豹的单簧管里。"阿尔弗雷德答道。然后他再也没有呐喊，只是在尖叫。

浓浓的阴霾

"救命呀！救命呀！"

声音从松树茂密的阴影中传来。

"救命呀！"

尼科西亚正在小树林里闲庭信步，爬到了茉莉花丛中。

是根纳季。

他摇摇欲坠，泳镜歪歪扭扭地戴在头上。

"哦，谢谢，谢谢你来救我。"他说道。

尼科西亚扶着他的背坐起来。

"发生了什么？"她问根纳季。

他们两个坐在小山丘的山顶上，根纳季不用再提心吊胆了。

"我刚刚滚了下来。"根纳季说道，"我滚了下来，我想把白桦树、松树什么的都压扁！"

"那可真是太糟糕了。"尼科西亚说道。

"很糟糕，真的很糟糕。"根纳季说道。

然后他们两个陷入了沉默。

"然后我就摔倒了。摔得很深！我跌入了最浓重的阴霾里！你能想象它有多……多么浓重吗？"根纳季说道。

尼科西亚思索了一会儿，说道："这真的太糟糕了。"

然后他们再次陷入了沉默。

但根纳季可以感觉到，尼科西亚深深地理解他浓重的阴霾。

你怎么找到名字的

第一只树懒走在人行道上，虽然他是只树懒。

第二只树懒也在人行道上走，虽然他也是只树懒。

他们两个向市里走去。

他们来到了公交车站。

那里坐着两个名字。他们已经坐在那儿很久了，腿都坐弯了。

当第一只不知道自己是艾米尔还是亨利克的树懒走来的时候，第一个名字站起来自我介绍道："艾米尔。"

第二只也不知道自己是艾米尔还是亨利克的树懒走来的时候，第二个名字也站起来介绍自己："亨利克。"

"很高兴认识你。"艾米尔边说边伸出手和名字握手。

"很高兴认识你。"亨利克也边说边和名字握手。

"如果你们可以多待一段时间我们会很开心。"他们两个齐声说道。

刺猬是如何长大的

　　"你好呀，海尔戈。"卢卡斯·黄昏说道，"你是海尔戈吗？"卢卡斯·黄昏是一只黄鼠狼。

　　海尔戈是一只刺猬，但是由于他刚刚从树上掉下来，所以他可能还没搞清楚状况。

　　"我是吗？"海尔戈问道，"谁说的？"

　　"黄昏。"他说道。

　　"啊，我懂了，"海尔戈说道，"黄昏，那么太阳在哪儿？"

　　"太阳藏在云朵的后面，"卢卡斯·黄昏解释道，"但你一定是海尔戈。"

　　"那么我……"海尔戈说道，"我有点儿恍然大悟了。我刚才想摘点儿樱桃，就爬上了树，这时候树枝断了，于是我的脑袋撞在了石头上，然后我眼冒金星。"

　　他们两个吃了一些海尔戈成功采摘到的樱桃。

　　"春天会经常发生刺猬从树上掉下来的事情吗？"卢卡斯·黄昏问道。"我不知道，"海尔戈说道，"实际上我并不知道刺猬什么时候成熟。"

度假

"好吧，你没有去比赛。"海尔戈对尼科西亚说道。

"我没有。"尼科西亚说道，"我的脚扭伤了，没办法好好参赛了。"她把扭伤的脚踝泡在温暖的海水里。

"但我们是去度假了。"尼科西亚说道。

"我更喜欢度假。"海尔戈说道，"假期总是在工作之后。"

邮递员贝尔托德·贝尔蒂来了。

"邮件！你们准备好了吗？"他喊道。

尼科西亚和海尔戈已准备好了，仔细听着：

"在今天的 157 米赛跑中，选手布谷鸟奥菲利亚获得了胜利。她以第一名的成绩赢得了比赛。"

"谢谢你，贝尔蒂。"尼科西亚说道，"要在哪里签字吗？"

"不用，这不是电报，是一张普通的明信片。"贝尔蒂说道。说完就飞走了。

"你让奥菲利亚代替你去参赛真是棒极了。"海尔戈说道。

"我会给她回信的。"尼科西亚说道。

"那拜托你也给我写明信片吧。"海尔戈说道，"秋天我跳进一堆落叶的时候，肯定会遇到马丁。当他看到夏天的明信片，就不用去睡觉了。"

"但你难道不认为，他可以打个盹儿的话更好吗？"尼科西亚问道。

"可能确实如此。"海尔戈肯定道。

然后他躺在沙滩巾上小憩了十分钟。

"你就是一座灯塔，海尔戈。"尼科西亚说道。然后她也在他旁边的沙滩巾上躺下了。